HARUKI MURAKAMI

BIRTHDAY GIRL

MIT ILLUSTRATIONEN VON
KAT MENSCHIK

AUS DEM JAPANISCHEN VON URSULA GRÄFE

DUMONT

Haruki Murakami bei DuMont:

Naokos Lächeln
Untergrundkrieg
Tanz mit dem Schafsmann
Sputnik Sweetheart
Nach dem Beben
Kafka am Strand
Wilde Schafsjagd
Tony Takitani
Afterdark
Hard-boiled Wonderland und das Ende der Welt
Blinde Weide, schlafende Frau
Wie ich eines schönen Morgens im April das 100%ige Mädchen sah
Der Elefant verschwindet
Wovon ich rede, wenn ich vom Laufen rede
Schlaf
1Q84. Buch 1&2
1Q84. Buch 3
Die Bäckereiüberfälle
Südlich der Grenze, westlich der Sonne
Die unheimliche Bibliothek
Die Pilgerjahre des farblosen Herrn Tazaki
Von Männern, die keine Frauen haben
Wenn der Wind singt / Pinball 1973
Von Beruf Schriftsteller
Die Ermordung des Commendatore Band I
Die Ermordung des Commendatore Band II
Die Chroniken des Aufziehvogels
Erste Person Singular
Murakami T
Honigkuchen
Die Stadt und ihre ungewisse Mauer

BIRTHDAY GIRL

Eine Erzählung

MEIN GEBURTSTAG, DEIN GEBURTSTAG

Ein Nachwort von Haruki Murakami

BIRTHDAY GIRL

An ihrem zwanzigsten Geburtstag arbeitete sie wie jeden Freitagabend als Kellnerin. Allerdings hätte sie sich an diesem Freitag lieber freigenommen, zumal das andere Mädchen, das in dem Restaurant jobbte, sogar bereit gewesen wäre, mit ihr zu tauschen. Vom Koch angebrüllt zu werden und Kürbis-Gnocchi und frittierte Meeresfrüchte zu den Tischen der Gäste zu schleppen, entsprach nicht gerade ihrer Vorstellung von einem Geburtstag. Leider lag ihre Kollegin mit einer Grippe im Bett und konnte, da sie fast vierzig Grad Fieber und Durchfall hatte, unmöglich für sie einspringen. So kam es, dass sie kurzfristig doch selbst antreten musste.

»Macht doch nichts«, hatte sie die Kollegin getröstet, als diese sie anrief, um sich zu entschuldigen. »Auch wenn es mein zwanzigster

Geburtstag ist, hatte ich sowieso nichts Besonderes vor.« Tatsächlich war sie gar nicht sehr enttäuscht. Der Hauptgrund dafür war der grässliche Streit, den sie vor ein paar Tagen mit ihrem Freund gehabt hatte, mit dem sie seit der Oberschule zusammen war. Normalerweise hätte sie diesen Abend mit ihm verbracht. Auslöser war eine Lappalie gewesen, doch ein Wort hatte das andere gegeben, und eine heftige Auseinandersetzung war entbrannt, in deren Verlauf – sie spürte es genau – ihre lange Beziehung unwiderruflich zerbrochen war. In ihrem Inneren hatte sich etwas versteinert und war abgestorben. Er hatte sie seither nicht mehr angerufen, und auch sie verspürte nicht die geringste Lust, sich bei ihm zu melden.

Das italienische Restaurant, in dem sie arbeitete, war eines der bekannteren in Roppongi. Die Gerichte, die in dem seit Mitte der Sechzigerjahre bestehenden Lokal serviert wurden, waren nicht gerade der letzte Schrei, aber da

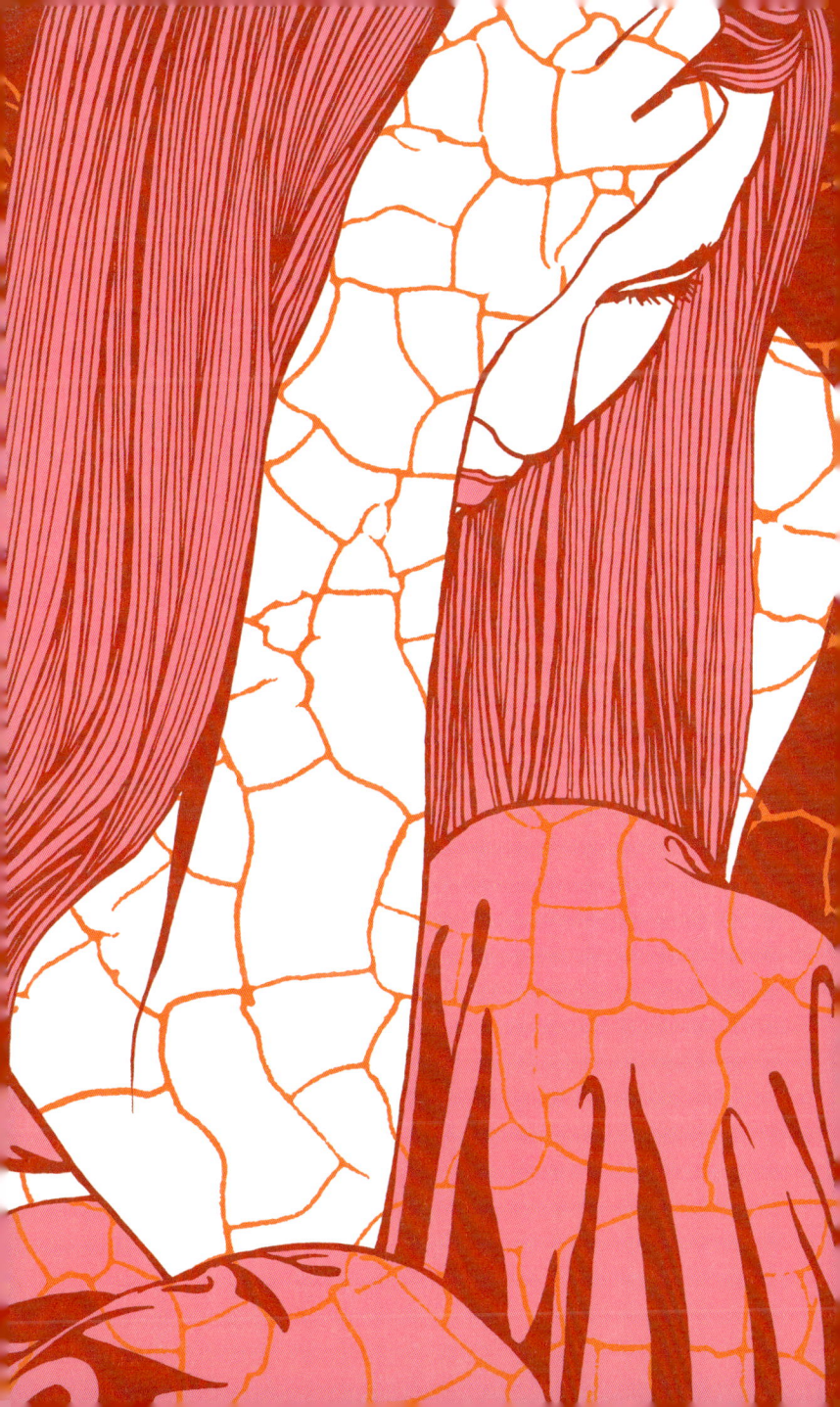

die Küche sehr solide war, bekamen die Gäste sie nicht über. Es herrschte eine entspannte und unaufdringliche Atmosphäre, und die Mehrzahl der Kunden war schon älter, unter ihnen – dem Ambiente entsprechend – auch einige bekannte Schauspieler und Autoren.

Zwei festangestellte Kellner arbeiteten sechs Tage in der Woche. Sie und die andere Studentin jobbten jeweils drei. Außerdem gab es noch einen Geschäftsführer und eine dünne Frau mittleren Alters an der Kasse, die schon seit der Eröffnung des Restaurants dort zu sitzen schien. Wie die düstere Alte aus Klein Dorrit von Dickens rührte sie sich so gut wie nie vom Fleck. Sie kassierte und beantwortete das Telefon. Andere Aufgaben hatte sie nicht. Sie war stets schwarz gekleidet und machte nur im äußersten Notfall den Mund auf. Sie wirkte kalt und hart, und hätte man sie nachts auf dem Meer treiben lassen, hätte sie wahrscheinlich Schiffe gerammt und versenkt.

Der Geschäftsführer hatte die Mitte vierzig bereits überschritten. Er war groß und breitschultrig und in seiner Jugend vielleicht Sportler gewesen, doch nun begann er, an Bauch und Kinn Fett anzusetzen, und sein kurzes borstiges Haar war in der Mitte des Scheitels schon etwas schütter. Überdies haftete ihm der muffige Geruch eines alternden Junggesellen an, der sie an Zeitungen und Hustenbonbons erinnerte, die längere Zeit zusammen in einer Schublade gelegen haben. Ein unverheirateter Onkel von ihr roch genauso.

Der Geschäftsführer trug gewöhnlich einen schwarzen Anzug, ein weißes Hemd und eine Fliege. Keine fertige, wohlgemerkt, sondern eine richtige, die er – sein ganzer Stolz – selbst binden konnte, ohne in den Spiegel zu schauen. Seine Aufgabe war es, die Gäste zu empfangen und zu verabschieden, Reservierungen entgegenzunehmen, Stammgäste lächelnd mit Namen zu begrüßen, allen Beschwerden ein

aufmerksames Ohr zu schenken, sich kompetent zu Fragen bezüglich des Weins zu äußern und die Arbeit der Kellner und Kellnerinnen zu überwachen. Zu den Pflichten, denen er Tag um Tag gewissenhaft nachkam, gehörte es auch, dem Inhaber des Restaurants das Abendessen in die Wohnung zu bringen.

»Der Inhaber hatte ein Zimmer im fünften Stock desselben Gebäudes. Eine Wohnung oder ein Büro oder so was«, erzählte sie mir, als wir aus irgendeinem Grund auf unsere zwanzigsten Geburtstage zu sprechen gekommen waren. Die meisten Menschen erinnern sich noch gut an diesen Tag. Ihr zwanzigster lag etwa zehn Jahre zurück.

»Aber im Restaurant ließ er sich niemals blicken. Der Geschäftsführer war der Einzige, der ihn zu Gesicht bekam, weil er ihm ja das Essen brachte. Keiner der anderen Angestellten hatte ihn je gesehen.«

»Der Inhaber ließ sich das Abendessen immer aus seinem eigenen Restaurant kommen?«

»Genau«, sagte sie. »Der Geschäftsführer brachte es ihm jeden Abend um acht Uhr hinauf. Ausgerechnet in der Zeit, in der wir am meisten zu tun hatten und er eigentlich dringend im Restaurant gebraucht wurde. Da gab es wohl nichts zu wollen, denn dieses Ritual bestand offenbar schon seit Urzeiten. Das Essen wurde auf einen Rollwagen, wie Hotels sie für den Zimmerservice benutzen, geladen, den der Geschäftsführer dann mit beflissener Miene in den Aufzug schob. Nach etwa fünfzehn Minuten kam er ohne den Wagen zurück. Eine Stunde später fuhr er wieder hinauf, um das Geschirr zu holen. Das Ganze wiederholte sich jeden Tag nach exakt dem gleichen Muster. Als ich es zum ersten Mal sah, fand ich es ziemlich merkwürdig, fast wie eine religiöse Zeremonie oder so was, aber mit der Zeit gewöhnte ich mich daran und fand nichts mehr dabei.«

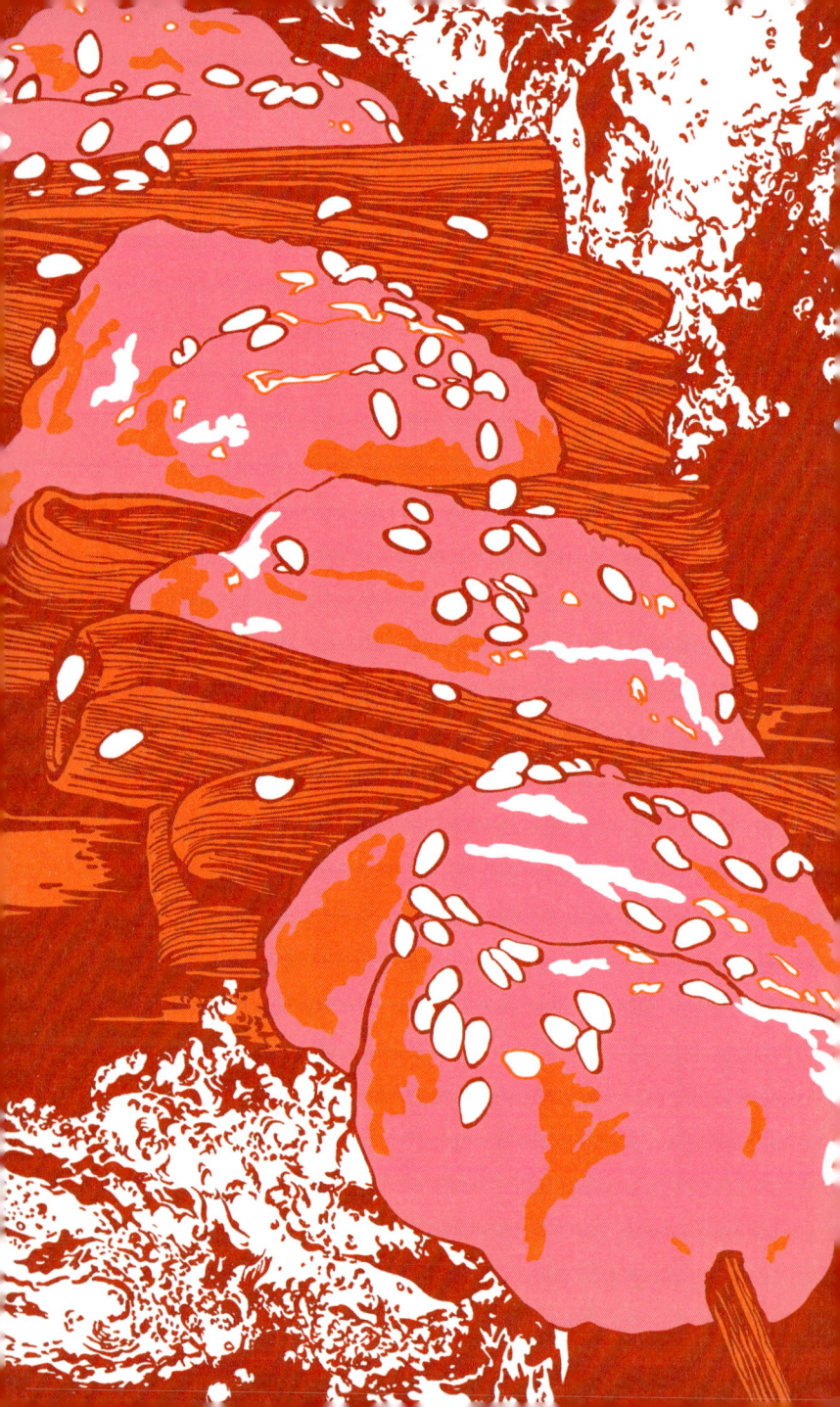

Der Inhaber aß ausnahmslos Huhn. Zubereitungsart und Gemüsebeilagen variierten mehr oder weniger von Tag zu Tag, aber das Hauptgericht war stets Huhn. Einmal erzählte ihr ein junger Koch, dass er – als Test – eine Woche lang jeden Tag ein Brathühnchen hinaufgeschickt habe und dennoch nie eine Beschwerde gekommen sei.

Normalerweise möchte ein Koch Gerichte jedoch verschieden zubereiten, sodass jeder neue Küchenchef sich am Anfang an allen nur erdenklichen Huhnrezepten versuchte, exquisite Soßen kreierte und neue Geflügellieferanten ausprobierte. Doch stets erwiesen sich solche Bemühungen als fruchtlos und verliefen letztlich im Sande, da nie irgendeine Reaktion erfolgte. Am Ende gaben alle auf und kochten einfach jeden Tag irgendein gängiges Hühnergericht. Die Hauptsache war eben, dass es Huhn war, mehr wurde von den Köchen nicht verlangt.

An ihrem Geburtstag, dem 17. November, begann sie ihre Arbeit wie gewohnt. Seit dem frühen Nachmittag hatte es in Abständen immer wieder geregnet, und am Abend goss es in Strömen. Um fünf wurden die Angestellten zusammengerufen, und der Geschäftsführer erläuterte ihnen das Abendmenü, das die Bedienungen Wort für Wort auswendig zu lernen hatten. Spickzettel waren nicht erlaubt. Kalbsschnitzel à la Milanese, Pasta mit Kohl und Sardinen, Maronenmousse. Manchmal schlüpfte der Geschäftsführer in die Rolle eines Gastes und stellte Fragen, die die Kellner beantworten mussten. Anschließend wurde das Personal verpflegt, damit bloß keinem beim Umgang mit den Gästen der Magen knurrte.

Das Restaurant öffnete um sechs, aber wegen des strömenden Regens verspäteten sich die meisten Gäste. Einige sagten ihre Reservierungen sogar ganz ab. Wahrscheinlich wollten die Damen ihre Garderobe nicht vom Regen durchweichen lassen. Der Geschäftsführer presste säuerlich die Lippen zusammen, während die Kellner zum Zeitvertreib die Salzstreuer polierten oder mit dem Koch über Rezepte plauderten. Sie ließ ihren Blick durch den Raum schweifen, in dem nur ein einziges Paar saß, und lauschte der Cembalo-Musik, die leise aus den Deckenlautsprechern kam. Der dumpfe Geruch spätherbstlichen Regens erfüllte das Restaurant.

Es war nach halb acht, als dem Geschäftsführer schlecht wurde. Kraftlos ließ er sich auf einen Stuhl fallen und hielt sich den Bauch, als habe man ihn angeschossen. Öliger Schweiß trat ihm auf die Stirn. Es sei wohl besser, wenn er ins Krankenhaus führe, stieß er mühsam hervor. Er war äußerst selten krank. In den mehr als zehn Jahren, die er im Restaurant arbeitete, hatte er noch nie gefehlt. Nie war er erkrankt oder hatte sich verletzt. Auch dies war ein Punkt, auf den er besonders stolz war.

Doch nun war an seinem schmerzverzerrten Gesicht deutlich zu sehen, dass es ihm ziemlich schlecht ging.

Sie ging mit einem Schirm hinaus an die Straße und hielt ein Taxi an. Einer der Kellner stützte den Geschäftsführer und stieg mit ein, um ihn in ein Krankenhaus in der Nähe zu bringen. Ehe er sich in das Auto setzte, gab ihr der Geschäftsführer noch mit schwacher Stimme eine Anweisung. »Um acht bringen Sie das Essen in Zimmer 604. Sie brauchen nur zu klingeln. Dann sagen sie ›Ihr Abendessen‹ und stellen den Wagen dort ab.«

»Zimmer 604 sagten Sie, ja?«

»Pünktlich um acht«, wiederholte der Geschäftsführer und verzog abermals das Gesicht. Die Taxitür schlug zu, und sie fuhren davon.

Auch später ließ der Regen nicht nach, und nur ab und zu verirrte sich ein Gast ins Restaurant, sodass höchstens ein, zwei Tische gleichzeitig besetzt waren. Daher war es auch kein Problem, dass der Geschäftsführer und ein Kellner fehlten – Glück im Unglück sozusagen, denn meist war der Ansturm so groß, dass das gesamte Personal kaum damit fertig wurde.

Als um acht die Mahlzeit für den Inhaber angerichtet war, schob sie den Servierwagen in den Aufzug, um damit in den fünften Stock zu fahren. Alles war wie immer: eine kleine, bereits entkorkte Flasche Rotwein, eine Thermoskanne Kaffee, ein Huhngericht mit heißem Gemüse, Brot und Butter. Der intensive Duft der Fleischspeise breitete sich in dem engen Aufzug sehr schnell aus und mischte sich mit dem Geruch des Regens. Offenbar hatte jemand mit einem nassen Schirm den Aufzug benutzt, denn der Boden war voller Wassertropfen.

Sie ging den Gang entlang, blieb vor der Tür mit der Nummer 604 stehen und vergewisserte sich in Gedanken noch einmal, ob es auch die

richtige war. 604. Sie räusperte sich und läutete an der Klingel neben der Tür.

Keine Reaktion. Gerade als sie nach etwa zwanzig Sekunden noch einmal läuten wollte, ging die Tür plötzlich nach innen auf, und ein zierlicher älterer Herr erschien. Er mochte gut zehn Zentimeter kleiner sein als sie. Er trug einen dunklen Anzug, und von seinem weißen Hemd hob sich eine Krawatte in der Farbe welker Blätter ab. Alles an ihm wirkte makellos rein und faltenlos. Sein weißes Haar war sorgfältig gekämmt, und er sah aus, als sei er auf dem Weg zu einer Abendgesellschaft. Die tiefen Furchen in seiner Stirn erinnerten sie an tiefe Schluchten, wie man sie auf Luftaufnahmen sieht.

»Ich bringe Ihnen Ihr Essen«, sagte sie mit rauer Stimme und räusperte sich noch einmal leise. Immer wenn sie aufgeregt war, klang ihre Stimme heiser.

»Das Essen?«

»Ja, der Geschäftsführer ist plötzlich erkrankt. Darum bringe ich Ihnen heute Ihr Abendessen.«

»Aha«, sagte der Alte wie zu sich selbst, die Hand noch auf dem Türknauf. »Er ist also krank.«

»Ja, er bekam plötzlich Bauchschmerzen und ist ins Krankenhaus gefahren. Vielleicht eine Blinddarmentzündung, hat er gesagt.«

»Das ist aber nicht gut«, sagte der alte Mann und strich sich sacht über die faltige Stirn. »Gar nicht gut.«

Abermals räusperte sie sich. »Darf ich das Essen hineinbringen?«

»Ja, selbstverständlich«, sagte der Alte. »Natürlich. Mir ist es recht. Wie Sie wünschen.«

Wie ich wünsche?, dachte sie. Eine seltsame Ausdrucksweise. Was habe ich denn zu wünschen?

Der alte Mann riss die Tür weit auf, und sie schob den Servierwagen ins Zimmer. Der

Boden war mit einem kurzen grauen Teppich-
boden ausgelegt, und sie trat ein, ohne sich die
Schuhe auszuziehen. Der Raum wirkte wie ein
großes Büro, das er eher zum Arbeiten als zum
Wohnen zu benutzen schien. Durch das Fens-
ter, vor dem ein großer Schreibtisch stand, sah
man direkt auf den nahe gelegenen, hell er-
leuchteten Tokio-Tower. Neben dem Schreibtisch war eine kleine Couchgarnitur. Der alte
Mann deutete auf den länglichen, mit Kunst-
stoff beschichteten Couchtisch davor, auf den
sie nun eine weiße Stoffserviette und Besteck
legte und die Kaffeekanne, die Tasse, den Wein
und das Weinglas, Brot und Butter und den
Teller mit Gemüse und Brathühnchen stellte.

»Würden Sie, wenn Sie fertig sind, das
Geschirr wie üblich in den Gang stellen? Ich
komme in etwa einer Stunde und hole es«, sagte sie.

Aufmerksam musterte der alte Herr die auf-
gereihten Speisen.

»Ja, aber natürlich. In den Gang. Auf dem Wagen. In einer Stunde. Wie Sie wünschen«, antwortete er geistesabwesend.

Genau, so wünsche ich es, dachte sie diesmal. »Kann ich sonst noch irgendetwas für Sie tun?«

»Nein, danke«, sagte er nach kurzem Nachdenken. Er trug schwarze, blitzblank polierte Lederschuhe. Sie waren klein und sehr elegant. Ihr fiel auf, wie viel Wert er auf Kleidung legte. Außerdem hielt er sich für sein Alter sehr gerade.

»Dann gehe ich jetzt wieder an die Arbeit.«

»Warten Sie noch einen Augenblick«, sagte er.

»Ja?«

»Würden Sie mir fünf Minuten Ihrer Zeit schenken, gnädiges Fräulein? Ich möchte mich mit Ihnen unterhalten.«

Gnädiges Fräulein? Unwillkürlich errötete sie.

»Ja, das wird schon gehen ... wenn es nur fünf Minuten sind.«

Immerhin bezahlte er ihren Stundenlohn, also konnte von Schenken keine Rede sein. Außerdem erweckte der alte Herr nicht den Eindruck, als hätte er etwas Ungebührliches im Sinn.

»Übrigens, wie alt sind Sie?«, fragte er und sah ihr in die Augen. Er stand mit verschränkten Armen neben dem Schreibtisch.

»Ich bin zwanzig geworden.«

»Geworden?«, wiederholte der Alte und kniff die Augen zusammen, als versuche er, durch einen schmalen Spalt zu spähen. »Geworden heißt gerade erst, nicht wahr?«

»Ja, gerade erst.« Nach kurzem Zögern fügte sie hinzu: »Eigentlich habe ich sogar heute Geburtstag.«

»Aha«, sagte der alte Herr, als bestätige sie eine von ihm längst gehegte Vermutung, und rieb sich das Kinn. »So ist das also. Heute ist Ihr zwanzigster Geburtstag.«

Sie nickte.

»Genau heute vor zwanzig Jahren sind Sie auf die Welt gekommen.«

»So ist es.«

»Sieh mal einer an«, sagte der Alte. »Wunderbar. Herzlichen Glückwunsch.«

»Vielen Dank.« Da ging ihr auf, dass er der Erste war, der ihr heute gratulierte. Andererseits fand sie, wenn sie nach Hause kam, bestimmt auch Glückwünsche von ihren Eltern auf dem Anrufbeantworter vor.

»Ich wünsche Ihnen alles Gute. Wollen wir nicht mit einem Schluck Rotwein auf Ihr Wohl anstoßen, gnädiges Fräulein?«

»Vielen Dank, aber ich muss noch arbeiten.«

»Ein Schlückchen kann nicht schaden. Wenn ich es Ihnen erlaube, wird Sie deswegen niemand tadeln. Kommen Sie, nur einen Schluck, zur Feier des Tages.«

Der Alte zog den Korken aus der Flasche und goss für sie ein wenig Wein in das Glas.

Dann holte er aus einer Vitrine ein Wasserglas und schenkte sich selbst ein.

»Herzlichen Glückwunsch zum Geburtstag«, sagte er. »Möge ein erfolgreiches, erfülltes Leben vor Ihnen liegen, und möge niemals ein dunkler Schatten darauf fallen.«

Sie stießen an.

Möge niemals ein dunkler Schatten darauf fallen, wiederholte sie die Worte des Alten in Gedanken. Warum hatte er ausgerechnet diesen ungewöhnlichen Wunsch ausgesprochen?

»Zwanzig wird man nur einmal im Leben. Es ist ein einmaliger Tag, mein Fräulein.«

»Ja«, erwiderte sie und nippte vorsichtig an ihrem Wein.

»Und an diesem ganz besonderen Tag bringen Sie mir das Abendessen wie eine gute Fee.«

»Ich tue nur, was man mir gesagt hat.«

»Trotzdem«, sagte der alte Herr und schüttelte ein paar Mal kurz den Kopf. »Trotzdem, mein schönes Fräulein.«

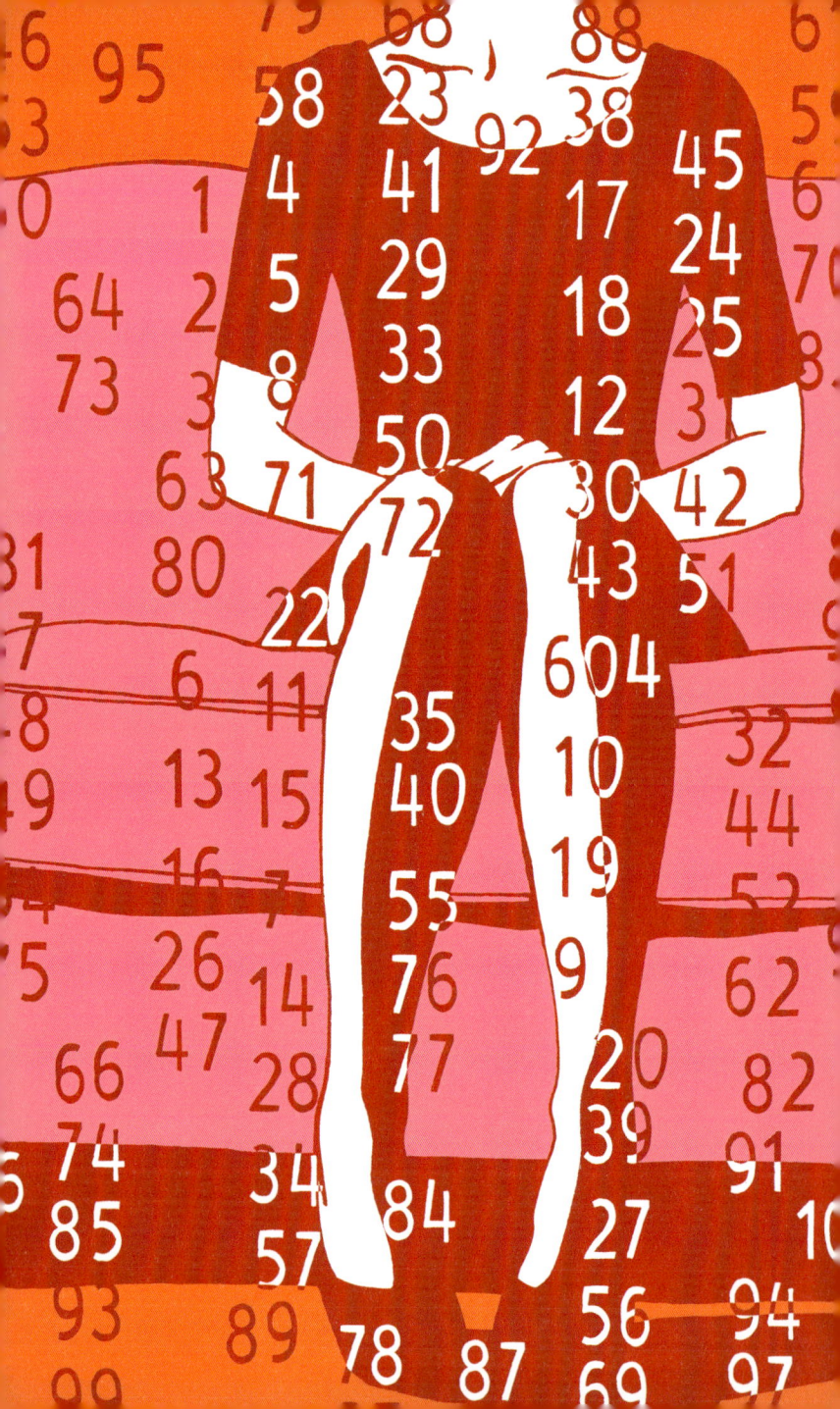

Der alte Mann setzte sich auf den Lederstuhl vor dem Schreibtisch und bat sie, auf dem Sofa Platz zu nehmen. Das Weinglas in der Hand, ließ sie sich behutsam nieder. Sie presste die Knie zusammen, zupfte an ihrem Rocksaum und räusperte sich zum x-ten Mal. Sie sah, wie die Regentropfen auf der Fensterscheibe ihre Linien zogen. Es war seltsam ruhig im Raum.

»Zufällig ist heute Ihr zwanzigster Geburtstag, und Sie bringen mir auch noch diese schöne warme Mahlzeit«, wiederholte er, wie um sich zu vergewissern. Geräuschvoll stellte er sein Glas auf dem Schreibtisch ab. »Das muss doch eine besondere Fügung sein. Glauben Sie nicht?«

Sie nickte ohne Überzeugung.

»Also«, sagte er und betastete den Knoten seiner laubfarbenen Krawatte. »Ich möchte Ihnen ein Geburtstagsgeschenk machen. Ein so besonderer Tag wie der zwanzigste Geburtstag bedarf eines besonderen Andenkens.«

Verlegen schüttelte sie den Kopf. »Bitte machen Sie sich keine Gedanken. Ich habe Ihnen doch nur das Essen nach oben gebracht, wie es mir aufgetragen wurde.«

Der Alte hob die Hände, indem er ihr beide Handflächen zukehrte. »Nein, nein. Sie sind diejenige, die sich jetzt mal keine Gedanken macht. Mein Geschenk hat keine konkrete Form und auch keinen Preis.« Er legte die Hände auf den Schreibtisch und holte langsam und tief Luft. »Also, ich möchte einer schönen Fee wie Ihnen einen Wunsch gewähren. Was auch immer Sie sich wünschen, ich werde es Ihnen erfüllen. Natürlich nur, falls Sie überhaupt einen Wunsch haben.«

»Einen Wunsch?« Ihre Kehle war wie ausgetrocknet.

»Ja, etwas, das Ihrem Wunsch gemäß eintreten soll. Sie haben einen Wunsch frei. Das ist mein Geburtstagsgeschenk an Sie. Aber denken Sie gut nach, denn es ist nur einer.« Er hob

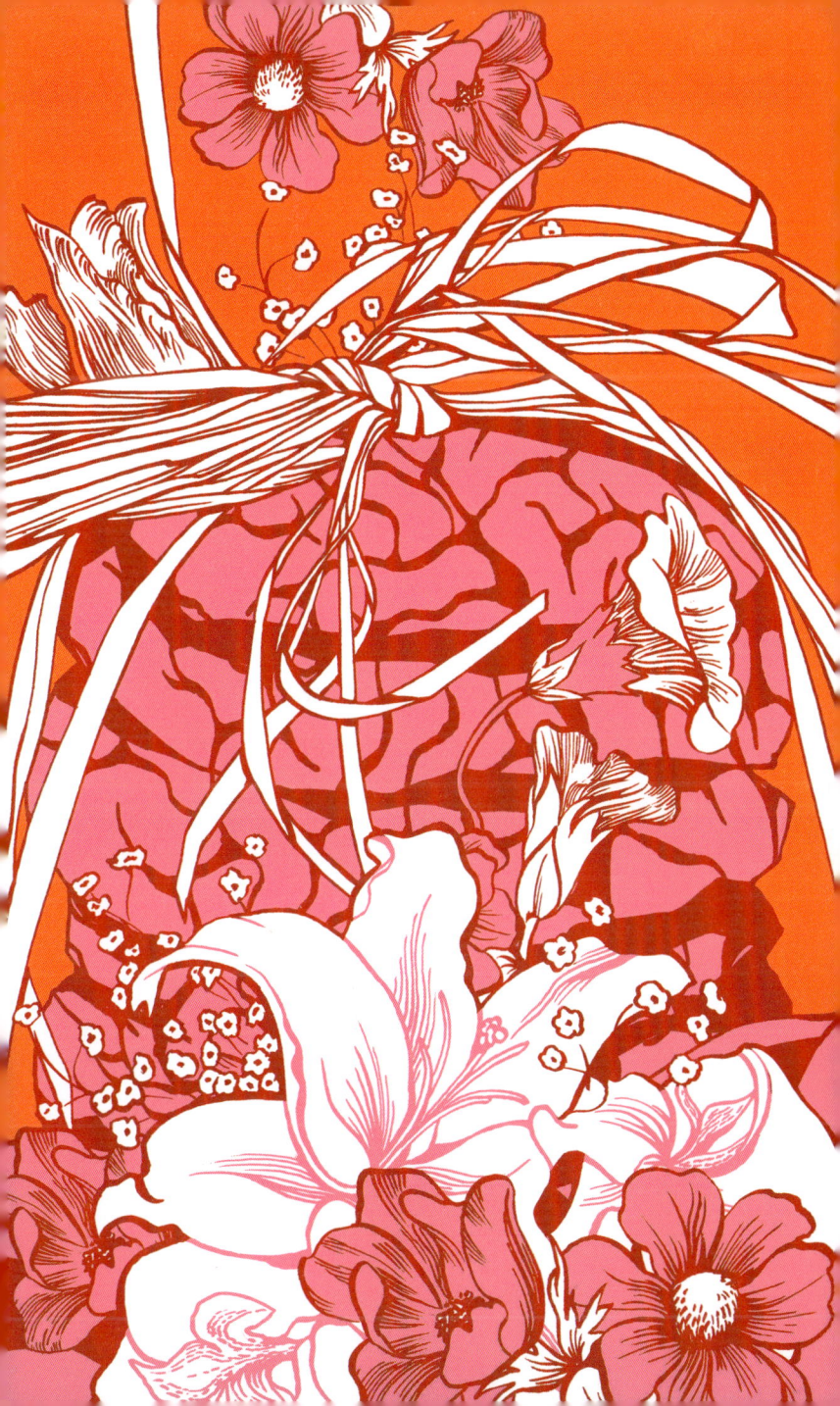

einen Finger. »Sie können ihn nicht mehr zurücknehmen, auch wenn Sie es sich später anders überlegen.«

Ihr fehlten die Worte. Ein Wunsch? Vom Wind gepeitscht, prasselte der Regen stoßweise gegen die Scheiben. Während sie schwieg, schaute der alte Herr ihr wortlos in die Augen. In ihren Ohren tickte die Zeit mit unregelmäßigem Pulsschlag.

»Ich habe einen beliebigen Wunsch frei?«

Der Alte antwortete nicht. Er lächelte nur, beide Hände auf den Schreibtisch gelegt. Es war ein sehr natürliches, liebenswertes Lächeln.

»Haben Sie nun einen Wunsch, mein Fräulein, oder nicht?«, sagte er mit sanfter Stimme.

Sie sah mich an. »Das ist wirklich passiert. Ich habe es mir nicht ausgedacht.«

»Natürlich nicht«, sagte ich. Geschichten zu erfinden lag nicht in ihrem Wesen. »Und hast du dir damals etwas gewünscht?«

Wieder blickte sie mir eine Weile ins Gesicht. Dann seufzte sie leise. »Ich habe den Alten damals selbst nicht ganz ernst genommen. Schließlich glaubt man mit zwanzig ja nicht mehr an Märchen. Aber wenn er sich einen spontanen Scherz mit mir erlaubte, war er ganz schön raffiniert, und hinter einem so eleganten alten Herrn wie ihm wollte ich nicht zurückstehen. Immerhin war es mein zwanzigster Geburtstag, da sollte einem schon etwas Außergewöhnliches zustoßen, fand ich. Mir ging es eher darum als um die Frage, ob ich ihm glaubte oder nicht.«

Wortlos nickte ich.

»Verstehst du, was ich meine? Mein zwanzigster Geburtstag neigte sich sang- und klanglos dem Ende zu, während ich Tortellini mit Sardellensoße servierte und kein Mensch mir gratulierte.«

Abermals nickte ich. »Klar«, sagte ich.

»Also wünschte ich mir etwas.«

Der alte Herr blickte sie eine Weile wortlos an. Auf dem Schreibtisch lagen ein paar dicke Ordner – Rechnungsbücher vielleicht – und Schreibgerät. Ein Kalender und eine Lampe mit grünem Schirm waren auch vorhanden. Neben ihnen wirkten seine zierlichen Hände wie ein Teil des Inventars. Unablässig schlugen die Regentropfen an die Fensterscheiben und ließen die Beleuchtung des Tokio-Tower dahinter verschwimmen.

Die Falten des Alten schienen sich ein wenig zu vertiefen.

»Das ist also Ihr Wunsch?«, sagte er.

»Ja.«

»Ein sonderbarer Wunsch für ein Mädchen Ihres Alters. Ehrlich gesagt, ich hatte etwas ganz anderes erwartet.«

»Wenn es nicht geht, kann ich mir ja etwas anderes wünschen«, sagte sie und räusperte sich. »Das macht nichts. Mir fällt schon was ein.«

»Nein, nein!« Der alte Mann hob die Hände

und schwenkte sie wie Fähnchen. »Ihr Wunsch ist völlig in Ordnung. Ich war nur überrascht. Und Sie möchten wirklich nichts anderes? Zum Beispiel schöner, intelligenter oder reicher sein – etwas, das ein normales junges Mädchen sich gewünscht hätte?«

Sie brauchte einen Moment, um die richtigen Worte zu finden. Der alte Mann wartete geduldig und schweigsam, derweil seine Hände auf dem Schreibtisch ruhten.

»Natürlich wäre ich gern schöner, intelligenter oder reicher. Aber ich kann mir die Auswirkungen nicht so recht vorstellen, falls so etwas tatsächlich einträte. Vielleicht würde es mir sogar über den Kopf wachsen. Ich habe das Leben noch gar nicht richtig im Griff. Wirklich nicht. Ich weiß nicht, wie es funktioniert.«

»Ich verstehe.« Der alte Herr verschränkte die Finger und löste sie wieder.

»Also sind Sie mit meinem Wunsch einverstanden?«

»Natürlich«, sagte der Alte. »Natürlich. Von meiner Seite gibt es da keine Schwierigkeiten.«

Er starrte nun auf einen Punkt im Raum. Die Falten auf seiner Stirn wurden noch tiefer. Fast war es, als lege er beim Nachdenken auch sein Gehirn in Falten. Er schien etwas in der Luft schweben zu sehen – so etwas wie eine winzige Feder, die vielleicht nur für ihn sichtbar war. Er breitete die Arme aus, erhob sich leicht vom Stuhl und klatschte energisch und mit einem kurzen trockenen Knall in die Hände. Dann setzte er sich wieder. Er strich sich mit den Fingerspitzen über die Stirnfalten, wie um sie zu glätten, und lächelte sie ruhig an.

»Das war's. Ihr Wunsch ist erfüllt.«

»So schnell?«

»Ja, das war nicht schwer«, sagte der Alte. »Herzlichen Glückwunsch zum Geburtstag, mein schönes Fräulein. Seien Sie unbesorgt, ich stelle den Wagen später in den Korridor. Sie können wieder an Ihre Arbeit gehen.«

Sie fuhr mit dem Aufzug zurück ins Restaurant. Da sie nun nichts mehr bei sich hatte, fühlten sich ihre Schritte unangenehm leicht an, als ginge sie über etwas Flaumiges hinweg.

Der jüngere Kellner sprach sie an. »Was war denn? Du siehst irgendwie weggetreten aus.«

Sie lächelte unverwandt und schüttelte den Kopf. »Wirklich? Aber es ist nichts.«

»Wie ist denn der Chef so?«

»Keine Ahnung, ich habe ihn nicht so genau gesehen«, erwiderte sie abweisend.

Nach anderthalb Stunden holte sie das Geschirr ab, das auf dem Wagen im Korridor stand. Als sie den Deckel der Terrine hochhob, sah sie, dass alles fein säuberlich aufgegessen war. Die Weinflasche und die Kaffeekanne waren leer. Die Tür von Zimmer 604 war nun geschlossen und wirkte anonym. Stumm starrte sie einige Augenblicke darauf, als könne sie sich jeden Moment öffnen. Aber nichts geschah. Sie brachte den Servierwagen wieder

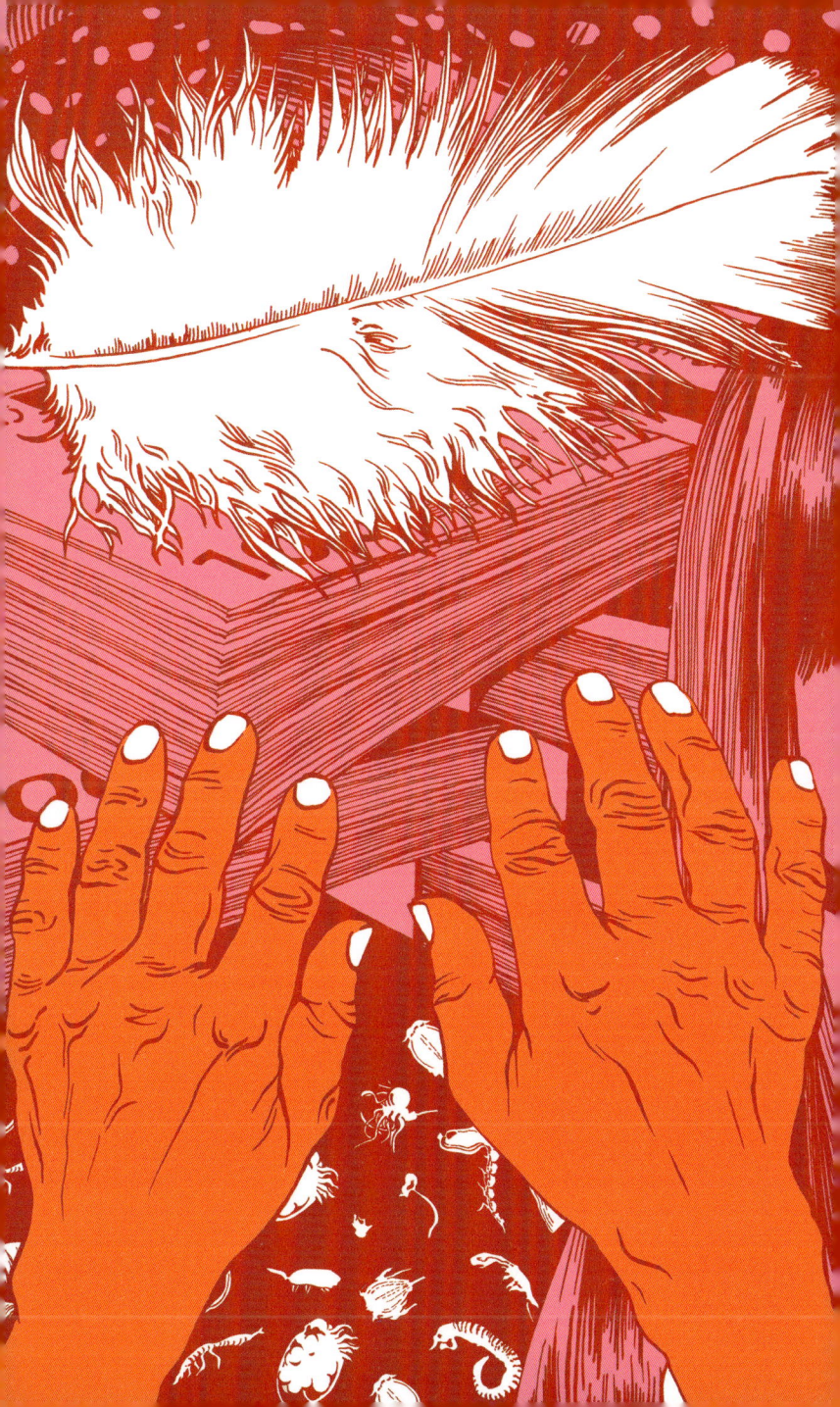

nach unten und schob ihn in die Spülküche. Mit einem beiläufigen Nicken vergewisserte sich der Koch, ob das Geschirr leer war.

»Ich habe den Inhaber nie wieder gesehen«, sagte sie. »Im Nachhinein stellte sich heraus, dass der Geschäftsführer nur ganz gewöhnliche Bauchschmerzen gehabt hatte. Schon am nächsten Tag brachte er das Essen wieder selbst hinauf. Im neuen Jahr kündigte ich meine Stelle, und seither war ich nie wieder in dem Restaurant. Ich weiß nicht wieso, aber ich habe das Gefühl, ich sollte mich lieber von dort fernhalten. Es ist nur so eine Ahnung.«

Gedankenverloren spielte sie mit ihrem Bierdeckel. »Manchmal glaube ich, dass ich mir das, was an meinem zwanzigsten Geburtstag geschehen ist, nur eingebildet habe. Oder ich frage mich, ob ich mir durch irgendwelche Umstände da etwas zurechtphantasiert haben könnte, das gar nicht wirklich passiert ist. Im

Grunde habe ich jedoch keinen Zweifel, dass es sich so und nicht anders zugetragen hat. Immerhin erinnere ich mich bis heute genau an das Mobiliar und sogar an die Ziergegenstände in Zimmer 604. All das ist wirklich passiert und war vielleicht sogar von großer Bedeutung für mich.«

Eine Zeitlang nippten wir schweigend an unseren Getränken und hingen jeder für sich seinen Gedanken nach.

»Darf ich dir eine Frage stellen?«, sagte ich. »Eigentlich sind es zwei Fragen.«

»Bitte«, sagte sie. »Als Erstes willst du wahrscheinlich wissen, was ich mir damals gewünscht habe, stimmt's?«

»Aber es scheint, dass du nicht darüber reden willst.«

»Wirklich?«

Ich nickte.

Sie legte den Bierdeckel hin und kniff die Augen zu einem Spalt zusammen, als schaue sie in weite Ferne. »Eigentlich darf man ja auch keinem verraten, was man sich gewünscht hat.«

»Ich habe nicht vor, es aus dir herauszuquetschen«, sagte ich. »Ich wüsste nur gern, ob sich dein Wunsch erfüllt hat. Und ob du ihn – was immer du dir gewünscht hast – später bereut hast. Hast du jemals gedacht, du hättest dir lieber etwas anderes wünschen sollen?«

»Die erste Frage könnte ich sowohl mit Ja als auch mit Nein beantworten. Aller Wahrscheinlichkeit nach werde ich ja noch ein Weilchen leben, und es lässt sich nicht voraussagen, wie sich alles noch entwickeln wird.«

»Dein Wunsch braucht also Zeit?«

»Ja, die Zeit spielt dabei eine wichtige Rolle.«

»Wie bei manchen Kochrezepten?«

Sie nickte.

Ich dachte einen Moment lang darüber nach, doch mir kam nichts weiter als eine riesige Pastete in den Sinn, die bei niedriger Hitze langsam im Ofen gart.

»Und was sagst du auf meine zweite Frage?«, fragte ich.

»Wie lautete die noch mal?«

»Ob du deinen Wunsch je bereut hast.«

Eine Weile herrschte Schweigen. Sie sah mich unverwandt und ohne jede Tiefe an. Der Schatten eines müden Lächelns umspielte ihre Mundwinkel und vermittelte mir den Eindruck von stummer Resignation.

»Ich bin inzwischen verheiratet«, sagte sie, »mit einem staatlich vereidigten Rechnungsprüfer, der drei Jahre älter ist als ich, und habe zwei Kinder. Einen Jungen und ein Mädchen. Und einen irischen Setter. Ich fahre einen Audi und treffe mich einmal wöchentlich mit Freundinnen zum Tennis. So sieht jetzt mein Leben aus.«

»Hört sich gar nicht so übel an«, sagte ich.

»Auch wenn die Stoßstange vom Audi zwei Dellen hat?«

»Stoßstangen sind für Dellen da.«

»Das wäre ein toller Aufkleber«, sagte sie. »›Stoßstangen sind für Dellen da‹.«

Ich beobachtete ihre Mundwinkel.

»Was ich meine, ist«, sagte sie in nachdenklicherem Ton und kratzte sich am Ohrläppchen – sie hat sehr hübsch geformte Ohrläppchen –, »dass ein Mensch, auch wenn ihm alle Wünsche erfüllt werden, nie mehr werden kann, als er ist. Das ist alles.«

»Das ergäbe einen guten Aufkleber«, sagte ich. »›Ein Mensch wird nie mehr, als er ist‹.«

Sie lachte laut, sichtlich vergnügt, und der Schatten war plötzlich verschwunden.

Die Ellbogen auf die Theke gestützt, sah sie mich an. »Was hättest du dir denn an meiner Stelle gewünscht?«

»Am Abend meines zwanzigsten Geburtstags?«

»Ja«, sagte sie.

Ich überlegte ziemlich lange, aber kein einziger Wunsch fiel mir ein.

»Mir fällt nichts ein«, sagte ich wahrheitsgemäß. »Ich bin von meinem zwanzigsten Geburtstag schon zu weit entfernt.«

»Wirklich überhaupt nichts?«

Ich schüttelte den Kopf.

»Rein gar nichts?«

»Gar nichts.«

Sie sah mir wieder in die Augen. Es war ein sehr direkter Blick. »Bestimmt hast du deinen Wunsch schon getan«, sagte sie.

»Aber denken Sie gut nach, denn Sie haben nur einen Wunsch frei.« Irgendwo in der Dunkelheit hob ein zierlicher alter Herr mit einer Krawatte in der Farbe von welkem Laub den Finger. »Nur einen. Sie können ihn nicht mehr zurücknehmen, auch wenn Sie es sich später anders überlegen.«

MEIN GEBURTSTAG, DEIN GEBURTSTAG

Als Erstes möchte ich von einem bestimmten Geburtstag erzählen – meinem eigenen.

Ich bin am 12. Januar 1949 zur Welt gekommen, gehöre also zur Babyboom-Generation. Nachdem der lange Zweite Weltkrieg endlich vorüber war, schauten die Überlebenden um sich, holten tief Luft, heirateten und produzierten Kinder am laufenden Band. In den vier, fünf Jahren nach dem Krieg wuchs, ja explodierte die Weltbevölkerung wie nie zuvor. Und eines dieser zahllosen, namenlosen Kinder, die damals geboren wurden, war ich.

Wir kamen nach den heftigen Bombenangriffen in ausgebrannten Ruinen zur Welt, wuchsen während des Kalten Krieges und des japanischen Wirtschaftswunders heran und empfingen den Segen der Gegenkultur der späten Sechzigerjahre. Mit glühendem Idealismus lehnten wir uns gegen die alten Zwänge auf und hörten die Doors und Jimi Hendrix (Peace!), und dann mussten wir uns, ob es uns passte oder nicht, mit einem Leben in der Wirklichkeit abfinden, ohne große Ideale und Rock 'n' Roll. Nun sind wir Mitte fünfzig. Inzwischen fanden dramatische Ereignisse statt – die Mondlandung, der Fall der Berliner Mauer –, die zur jeweiligen Zeit natürlich von überragender Bedeutung waren und möglicherweise auch mein Leben beeinflussten. Im Nachhinein glaube ich, offen gesagt, jedoch nicht, dass sie deutlich auf das Gleichgewicht von Glück und Unglück, Hoffnung und Verzweiflung in meinem Leben eingewirkt haben. Ungeachtet meiner zahlreichen Geburtstage und der Weltereignisse, die meine Zeit prägten, habe ich das Gefühl, dass ich stets ich selbst geblieben bin und auch nie ein anderer hätte werden können.

Manchmal, wenn ich heute im Auto sitze und silbern glänzende Scheiben von Radiohead oder Blur in den CD-Spieler einlege, wird mir bewusst, wie die Jahre vergehen und dass ich nun im 21. Jahrhundert lebe. Doch auch wenn mir als Mensch so manche Veränderungen gravierend erscheinen, umkreist die Erde davon unberührt in ewig gleicher Geschwindigkeit die Sonne.

Nach ihrem Rhythmus zieht einmal im Jahr mein Geburtstag herauf. Ich kann nicht behaupten, dass ich mich besonders darauf freue. Was bedeutet es schon, dreiundfünfzig zu sein und vierundfünfzig zu werden? Für jemanden, der von seinem Arzt gesagt bekommt: »Leider müssen Sie sich damit abfinden, dass Sie auf keinen Fall älter als zweiundfünfzig werden. Regeln Sie Ihre Angelegenheiten und machen Sie Ihr Testament«, wäre der vierundfünfzigste Geburtstag natürlich unbedingt ein Grund zum Feiern und ein Riesenereignis. Es wäre verständlich, wenn er sich ein Boot mietete, um in der Bucht von Tokio ein gigantisches Feuerwerk zu veranstalten. Doch zu meinem Pech oder Glück (natürlich eher zu letzterem) war ich nie mit einem solchen Todesurteil konfrontiert. Daher macht mich mein Geburtstag auch nie besonders glücklich. Ich öffne höchstens zum Abendessen eine besondere Flasche Wein, aber dazu später.

An einem meiner Geburtstage machte ich eine – für mich persönlich – seltsame Erfahrung.

Am Morgen dieses Geburtstages saß ich in der Küche meiner Tokioter Wohnung und hörte Radio. Ich stehe meist sehr früh auf – so zwischen vier und fünf Uhr morgens –, um zu arbeiten. Bevor ich mich in meinem Arbeitszimmer an den Schreibtisch setze, mache ich mir (meine Frau schläft noch) Kaffee und Toast. Dabei höre ich fast immer die Nachrichten im Radio, nicht eigentlich der Nachrichten wegen, sondern um mir die Zeit zu vertreiben, wenn ich allein bin. Während ich also darauf wartete, dass mein Kaffeewasser kochte, verlas der Sprecher eine Liste der öffentlichen Veranstaltungen an diesem Tag mit Orts- und Zeitangaben. Der Kaiser würde irgendwo einen Baum pflanzen, ein großes englisches Schiff sollte in Yokohama anlegen, und außerdem würden landesweite Feierlichkeiten zum offiziellen Tag des Kaugummis abgehalten. (Kaum zu glauben, ich weiß, aber so einen Tag gibt es wirklich. Ich denke mir das nicht aus.)

Am Ende führte der Sprecher die Namen berühmter Leute auf, die am 12. Januar Geburtstag haben. Mein Name war auch dabei! »Der Schriftsteller Haruki Murakami feiert heute seinen soundsovielten Geburtstag«, hieß es. Ich hatte nur mit halbem Ohr zugehört, aber als plötzlich mein Name ertönte, stieß ich vor Überraschung beinahe den Kessel mit kochendem Wasser um. »Boah!«, rief ich und sah mich unwillkürlich im Raum um. Einen Moment später dämmerte mir, dass mein Geburtstag nun nicht mehr mir allein gehörte, sondern als öffentliches Ereignis galt.

Ein öffentliches Ereignis?

Na meinetwegen. Immerhin hörten in diesem Augenblick alle Leute, die in Japan vor ihrem Radio standen (oder saßen) die Sendung – sie wurde landesweit ausgestrahlt – und dachten kurz an mich. Zum Beispiel: »Aha, Murakami hat also heute Geburtstag« oder »Sieh mal einer an, jetzt ist der auch schon ** Jahre alt« oder »Klar, auch Leute wie Haruki Murakami haben irgendwann Geburtstag« oder so etwas. Wie viele Leute in Japan wohl um diese lächerlich frühe Stunde die Nachrichten hörten? Zwanzig-, dreißigtausend? Und wie viele von ihnen wohl meinen Namen kannten? Zweitausend, dreitausend? Ich hatte nicht die blasseste Ahnung.

Doch jenseits aller Statistik fühlte ich mich plötzlich auf ganz natürliche und sanfte Weise mit der Welt verbunden, ohne dass dies einen praktischen Nutzen gehabt oder sich auf das Leben von irgendjemandem ausgewirkt hätte. Einen Augenblick lang versuchte ich, mir diese

Verbundenheit, die Menschen verspüren, wenn jemand Geburtstag hat, konkret vorzustellen, ihre Beschaffenheit, ihre Färbung, ihre Länge und Stärke. Und wieder einmal dachte ich über Ideale, Kompromisse, den Kalten Krieg und das Wirtschaftswunder nach. Auch an das Älterwerden dachte ich, an Testamente und Feuerwerke. Schließlich ließ ich das Nachdenken sein und konzentrierte mich ganz darauf, mir einen guten Kaffee zu machen.

Den fertigen Kaffee goss ich in einen Becher (mit dem Logo eines australischen Naturkundemuseums, den ich in Sydney gekauft hatte) und trug ihn in mein Zimmer. Ich setzte mich an den Schreibtisch, schaltete meinen Mac ein, legte ein Konzert für Blasorchester von Telemann auf, dämpfte die Lautstärke und begann zu arbeiten. Es war noch dunkel draußen. Der Tag fing gerade erst an. Einerseits war es ein besonderes Datum, zugleich aber auch ein Tag wie jeder andere, an dem ich wie gewohnt am

Computer arbeitete. Vielleicht würde irgendwann einmal ein dramatischer Geburtstag kommen, an dem ich in der Bucht von Tokio ein prächtiges Feuerwerk entzünden würde. Dann würde ich, ohne zu zögern, egal, was die Leute sagen, ein Boot chartern und mitten im Winter, mit Feuerwerkskörpern beladen, in die Bucht von Tokio hinaussegeln. Doch dieser Tag war noch nicht gekommen. Ich würde wie immer einfach am Schreibtisch sitzen und ruhig meinem Tagewerk nachgehen.

Wie gesagt, mein Geburtstag ist am 12. Januar, und ich habe einmal im Internet nachgesehen, wer sonst noch an diesem Tag geboren wurde. Als ich unter all den Namen (auch dem eines der Spice Girls) auf Jack London stieß, war ich ganz hingerissen, denn ich bin seit langem ein leidenschaftlicher Leser von ihm. Ich habe nicht nur seine berühmten Werke wie *Wolfsblut* und *Ruf der Wildnis* mit Begeisterung gelesen, sondern auch weniger bekannte

Erzählungen und seine Biografie. Ich liebe seinen schlichten, kraftvollen Stil und seinen beinahe unheimlich scharfen erzählerischen Blick. Ich liebe seine außergewöhnliche Intensität, die weit über den gesunden Menschenverstand hinausreicht und mit der er unbeirrbar und geradeaus vorwärtsdrängt, als müsse er irgendeine Leere füllen. Längst schon bin ich der Ansicht, dass er eine weit höhere literarische Anerkennung verdient, als ihm gewöhnlich gezollt wird. Jack London und ich teilen also etwas so Persönliches wie das Geburtsdatum! Übrigens wurde er am 12. Januar 1876 geboren, dreiundsiebzig Jahre vor mir.

Als ich Anfang 1990 in Kalifornien unterwegs war, besuchte ich, um diesem legendären Autor meine Achtung zu erweisen, seine Farm in einem Ort namens Glen Ellen in Sonoma County. Genauer gesagt, als ich an einem Tag mit dem Mietwagen die Weingüter im Nappa

Valley besuchte, fiel mir wieder ein, dass Jack London irgendwo in der Gegend eine Farm besessen hatte. Also sah ich im Reiseführer nach und entschloss mich zu einem Abstecher dorthin. Jack London hatte 1905 ein Weingut in Glen Ellen gekauft und in ein ausgedehntes Versuchsgut von über 570 Hektar verwandelt. Bis zu seinem Tod im Jahre 1916 lebte er dort, leitete das Gut und schrieb. Ein Teil der Farm (ungefähr 16 Hektar) ist heute geschützt und heißt Jack London State Historic Park. Es ist herrlich dort. Die Sonne scheint unglaublich hell, es herrscht eine wundervolle Ruhe, und eine angenehme Brise streicht über das Gras auf den Hügeln. Ich verbrachte einen überaus erfreulichen Herbstnachmittag damit, mir Jack Londons Räumlichkeiten und seinen Schreibtisch anzuschauen.

Schon um dieser schönen Erinnerung willen mache ich jedes Jahr an meinem Geburtstag zum Abendessen eine Flasche Jack London-

Wein (ein Cabernet Sauvignon) auf. Dieser Wein stammt nicht aus Glen Ellen selbst, sondern wird im Nachbarbezirk Kenwood auf einem Weingut mit dem Namen »Jack London Winery« hergestellt, und sein Etikett ziert das Bild des Wolfs, das auf dem Originalumschlag von *Wolfsblut* war. Und so erhebe ich mein Glas und trinke auf diesen hervorragenden amerikanischen Schriftsteller. Möge er in Frieden ruhen. Vielleicht ist dies kein angemessenes Ritual zu Ehren eines Menschen wie Jack London, der durch maßloses Trinken seine Leber ruinierte und mit vierzig Jahren starb. Möglicherweise ist es aber gerade deswegen passend. Jedenfalls ist dieser trockene Jack London-Wein ein vollmundiger, köstlicher Tropfen. Da nur eine geringe Menge davon gekeltert wird, ist er etwas schwer zu finden, aber es gibt nichts Besseres, als sich zur Lektüre von Jack London ein Glas davon zu genehmigen.

Haruki Murakami und Kat Menschik bei DuMont:

»Eine zarte und
registerziehende Liebesgeschichte«

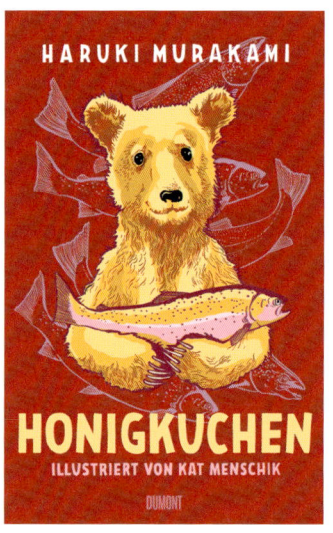

80 Seiten, auch als E-Book

»Kat Menschik setzt zwei
traumverlorene Erzählungen in Szene.«
DEUTSCHLANDFUNK KULTUR

80 Seiten, auch als E-Book

80 Seiten, auch als E-Book

Das bei der Produktion dieses Buches
entstandene CO_2 wurde durch die Finanzierung
von Klimaschutzprojekten kompensiert:
climate-id.com/17531-2110-1001/de

3. Auflage 2024
DuMont Buchverlag, Köln
Alle Rechte vorbehalten
© 2002 Haruki Murakami

Die Erzählung ›Birthday Girl‹ und der Text ›Mein Geburtstag,
dein Geburtstag‹ erschienen 2002 unter den Titeln ›Bāsudei-gāru‹
bzw. ›Boku no tanjoubi, anata no tanjoubi‹ erstmals in der
Anthologie ›Bāsudei-sutōriizu‹ bei Chūō Kōron Shinsha, Tokio.

© 2017 für die deutsche Ausgabe: DuMont Buchverlag, Köln
Übersetzung: Ursula Gräfe
Umschlagabbildung: Kat Menschik
Gesetzt aus der Minion und der Acumin
Druck und Verarbeitung: Print Consult, München
Printed in Slovakia
ISBN 978-3-8321-6450-8

www.dumont-buchverlag.de

64 Seiten, auch als E-Book

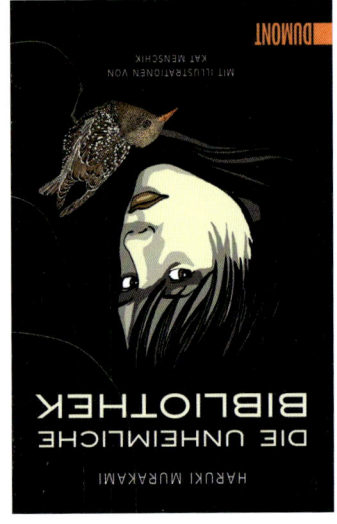

HARUKI MURAKAMI

DIE UNHEIMLICHE
BIBLIOTHEK

MIT ILLUSTRATIONEN VON
KAT MENSCHIK

DUMONT

»So rätselhaft und so schön
wie die großen Romane«
DIE ZEIT